KB099409

河 鍾 五 詩 集

벼는 벼끼리 피는 피끼리

창비

차   례

제 1 부

2

제 2 부

제 3 부

제 1 부

夜　行

밤에는
모든 것이 낮아지고
모든 것이 삐뚤어지는구나.
바로 걷지만 길이 비틀거리고
바로 서 있지만 길이 내려앉는구나.
눈을 감고도 갈 수 있었던 땅에
눈을 뜨고도 갈 수 없고
알몸으로 설 수 있었던 땅에
옷을 입고도 설 수 없구나.
이상하여라. 밤에는
한 사람의 눈빛조차 밝히지 못하는
어둠뿐이어라.

<1979>

풍 매 화

떠돈들 어떠리 떨어진들 어떠리
언제든지 떨어지면 움 돋겠지.
진달래가 골백송이 흐득흐득 울어도
풍매화는 바람 따라 날아다닌다.
골짝에 죽어 있는 메아리를 살려내고
벌목꾼이 버리고 간 도끼소리 찾아내고
땅꾼이 잃어버린 휘파람도 찾아내어
그 덧없는 소리들 데불고 무얼 하는지
풍매화는 이곳저곳 기웃거린다.
혼자서 싹틀 힘도 없으면서
어디든지 뿌리내리면 숲이 이뤄지겠지
풍매화는 득의양양 산맥을 날아다니지만
대포알 묻힌 땅 버릴 수 없고
녹슨 철조망 무심히 바라볼 수만 없어
머뭇거리니 마침내 바람도 잠잠해진다.
이제는 묻혀야지, 몸 바쳐야 할 자리는 여기

<1979>

9

참나무가 대나무에게

네가 꼿꼿이 서서 흔들리는 땅에
나는 바람 잠재우며 버틴다.
너는 휘어지지 않고 휘어지지 않고 꺾여서 바치고
나는 쪼개져 쪼개져 불로 타서 바치는
우리 목숨 더 깊은 목숨 어느 나무가 바치겠는가.
숯이 되지 않는 너에게 숯이 되는 내가
불이여 불이여 노여워 소리칠 수 있다면
칼이 되지 못하는 나에게 죽창이 되는 네가
죽음이여 죽음이여 노여워 소리칠 수 있다면
죽어서 불타는 숲은 누구인가.
너는 분노하여 곧은 몸을 세우고 있지만
그러나 나는 슬픔 밑으로 뿌리를 내린다.
다만 한라산에서 백두산까지
서로가 서로에게 엉키며 뿌리뻗어서
아름다운 우리나라 산맥을 이루고 싶다.

<1979>

10

벼는 벼끼리 피는 피끼리

우리야 우리끼리 하는 말로
태어나면서도 넓디넓은
평야 이루기 위해 태어났제
아무데서나 푸릇푸릇 하늘로 잎 돋아내고
아무데서나 버려져도 흙에 뿌리박았는기라
먼 곳으로 흐르던 물줄기도 찾아보고
날뛰던 송장메뚜기 잠재우기도 하고
농부들이 흘린 땀을 거름삼기도 하면서
우리야 살기는 함께 살았제
오뉴월 하루볕이 무섭게 익어서
처음으로 서로 안고 부끄러워 고개 숙였는기라
우리야 우리 마음대로 할 것 같으면
총알받이 땅 지뢰밭에 알알이 씨앗으로 묻혔다가
터지면 흩어져 이쪽 저쪽 움돋아
우리나라 평야 이루며 살고 싶었제
우리야 참말로 참말로 참말로
갈라설 수 없어 이 땅에서 흔들리고 있는기라 <1980>

11

앞산 뒷산

밤마다 우리가 첩첩 봉봉에 온몸 기대고
땅 밑으로 뜨거운 힘 주고받은 줄
좋은 세상에 잠든 것들은 모를거라.
밤마다 우리가 나무 뿌리에 힘줄 맡기고
남몰래 허공으로 기막힌 한숨을 쉰 줄
아직도 사는 일로 싸우는 것들은 모를거라.
모진 핏줄은 유장한 산맥에게 주어버리고
도도하고 그윽한 눈물 머금은 우리는
분단된 봄에도 울음으로 남아서
참꽃 분꽃 흐드러지게 피워 댔다.
그러나 누군가를 위해 운 사람들은 말하거라
한라와 백두를 한 산천으로 엉쿠는 일은
한두 가지 꽃들만의 일이 아니다.
잎 우거지도록 잠잠하고 씨앗 맺도록 잠잠해서
여기저기 흩어졌던 바람이 분다.
이제 남북으로 이어놓을 지진을 기다려
우리는 아침을 위해 메아리 되울리겠지만

내일에는 용암으로 펄펄 끓을지 모를

깊고 깊은 물로서 숲을 키운 뜻을

높은 자리 잡아 사는 것들은 모를거라.

<1980>

바람이랑 풀잎이랑

네가 빈 들에 남아

씨뿌리는 사람들의 미래를 위하여

쉴 곳 잃어 우는 풀벌레를 달래고

이 세상의 땀을 모아 이슬을 만든다면

떠도는 먼지를 잎새에 머물게 하여

황토를 푸르게 푸르게 덮는다면

나는 저문 산에 남아

사람들이 하지 못한 말들을 찾아내어

이 나라에 울어 예는 바람소리로 간직했다가

골짝마다 산울림으로 가만가만 전하겠건만

비무장지대 훨훨 넘나들던 간밤 꿈길을 옮겨와

오오래 살 땅을 향한 길을 내겠건만

<1981>

대   잎

우리 갈 곳 어디
우리 가야 할 곳 이 세상 어디,
한때 우리가 누렸던 신록도 없고
철새는 쉴 둥우리 없어 남국으로 날아갔는데
마디 하나 더 생길수록
더욱 곧아지는구나. 대나무는
휘어져도 일순에 확 펴지는 힘으로
모가지 꼿꼿하게 세워 울지만
죽창 던지던 先人은 장총에 맞아죽고
이제는 아무도 통소를 불지 않는다.
비록 우리 떨어진 대잎이지만
죽세공이 던져버린 칼날도 녹슨 저 靑山에
밤마다 지렁이 우글거리는 거름 되어
흙을 이룰 수 없다면
화끈화끈한 거름으로서 골백번 썩지 못한다면
우리 갈 곳 어디
우리 가야 할 곳 이 세상 어디,   <1979>

칡

엉켜 살리라 엉켜 죽으리라

불볕 내리쬐고 소나기 쏟아져도

끊어지면 끊어졌지, 풀지 않는 노여움으로

칡은 얽히고 설킨다.

함께 있는 대나무가 홀로 꺾이고

함께 있는 참나무가 홀로 쪼개지면

칡은 줄기에 줄기 묶어 덩굴짓는다

칡이 엉켜 뒤트는 힘

엉키고 엉키고 다시 뻗어내었다가

묶는 질긴 사랑

서로가 팔뚝 잡고 딩굴고

일어나서 다리 낚아채는 사람들 비웃으며

엉켜 살리라 엉켜 죽으리라

칡은 땅을 덮고 엎드려 몸 비비 꼰다.

<1979>

지 렁 이

지렁이는 안 밟혀도
꿈틀거린다. 비가 오면
흙 위에 제 가는 길을 남긴다.
흙탕물에 제 몸을 맡긴다.
수마리 서로가 서로의 몸에 엉켜서, 혹은
한 마리가 동강나도
토막 각기 더욱 세어지는 毒을 보아라.
기어가며 기어가며 다시 누워가도 얻는 자유
튼튼한 생명
어둡고 눅눅한 깊이를 뚫고 내려가 지렁이는
밝고 맑은 높이를 묻어버린다.
더러운 곳을 찾아가지만 울지 않고 보여주는
저 질기고 질긴 힘
움츠렸다가 움츠렸다가 뻗어내는
마디마디 저 살 닳는 노여움.
저 피마르는 몸부림.

<1979>

박   쥐

박쥐는 밤에 눈뜨고 산다.

어둠이 깊어질수록 높이 날고

굶주릴수록 더욱 퍼덕거린다.

박쥐가 날아다니며 낚아채는

저 텅빈 허공

퍼덕거리고 퍼덕거리고

다시 날아오르며 쪼는

저 캄캄한 魂

밤마다 날개를 키우고도

낮마다 날지 못한다.

박쥐는 빛에 노여움을 감추고

어둠에 죄를 드러낸다.

퍼덕거리며 박쥐가 보여주는

저 배고픈 사랑

오, 눈물겨운 비상과 걷잡지 못하는 落下.

<1979>

빨　　래

아무리 노엽게 쥐어짜도
쥐어짤 수가 없읍니다. 우리의 옷은
옷으로 남아 있을 뿐
빈 주머니의 가난과 자주 씻지 못한
죄의 때자국만 남아 있을 뿐
방직공장 여공의 임금이 살결처럼 남을 뿐
우리의 노동과 꿈틀거리던 근육은
쥐어짜이지 않습니다.
빨랫줄에 걸려 가슴 비비며 빨래가 되지 않고
서로 엉켜 젖어 있는 마음들을 보세요.
힘빠져 널려 있는 우리에게도
빛과 바람을 보내줄 때입니다.
우리는 더럽지 않지만 우리의 옷이
물에 젖어 부자유합니다. 그러나
상품을 사고 팔면서도 입어보지 못하는 사람들이
비슷한 거리의 마네킹이 되어 숨기는 절망과
형벌을 우리는 함께 받고 있읍니다.　　　　　<1979>

새 끼 줄

뒤틀린다. 온몸이 뒤틀려, 신음도 못하고
나딩굴다 나딩굴다가 껴안으면
우리는 메말랐구나. 노여움에
꼬이고 꼬여서 서로 묶지만
서로 풀어주지 못하는 힘만 억셀 뿐이구나.
억센 농부의 손금도 바꾸지 못하면서
몸 비빈다. 살아야지, 살아봐야지
한 알 쌀을 깨물어도 배부르지 않는 사람들
땀을 삼켜도 목마른 사람들과 함께
빈 들에서 짚은 끝없이 부스럭거리고
묶을 수 없는 바람만이 자유롭구나
나팔꽃도 줄기 뻗지 않고 잎 오므리는데
우리는 무엇을 동여매며, 다만 질신 목숨으로
속 골병든 인생이 뒤틀린다. 온몸이 뒤틀려,
칭칭 감을 것 더 이상 없는 땅.

<1979>

水 平 線

우리는 무너질 수 없구나.

조금과 사리가 번갈아 바뀐들

오가는 고깃배 오가게 두고

모래가 아무리 딩굴며 부서진들

힘줄 꿈틀거리며 해일에 살으리.

잠든 지진이 깨어나면

뭍으로 몰아치는 파도 더욱 몰아치도록

하늘에 어깨 맞대고 일렁이면

바다만이 우리의 길이구나.

머나먼 길 가는 갈매기도 쉬었다 가는 곳,

쉬고 있는 휴화산이 터진들

거품 물고도 죽지 않는 노여움으로

없어질 수 없는 우리.

이 세상에서 가장 큰 돌을 던지며

누가 짓밟고 간다 해도 폭풍우 울면 함께 울었다가

잦아들면 함께 잦아드는 수평선

우리는 무너질 수 없구나.   <1979>

蟲 媒 花

홀로 떠돌다가 떨어지면

돌멩이엔들 바위엔들 틈이 없으랴.

스스로 꽃 못 피운다 마라, 겁 없는 떼들아

굶주려 먹이 찾아 헤매는 너희들이

들쑤셔 흩낱리지 않았느냐.

핥아먹고 아무데나 뱉지 않았느냐.

땅벌 따라 산맥을 넘어봐도 울음소리뿐이다.

나비 따라 들판을 가로질러도 한숨소리뿐이다.

밤이나 낮이나 시 들지 않았는데

너희들이 무리지어 달려들어 뭉개고

뿔뿔이 흩어놓고 짓밟지 않았느냐.

홀로 피어나서 향기가 없을지라도

너희는 빌붙지 마라, 우리를 그냥 둬라.

계절의 아름다움으로 평화로울 것이다.

버려진 흙도 뜨거워지는 봄에

꽃물 들이던 어미는 향기 취해 안락사하고

꽃 팔아 계집아이는 花代를 받았지만

살아야 않겠느냐, 우리는 싹을 틔우겠다.

홀로 떨어졌어도 뿌리내려 뻗으면

민둥산엔들 황토엔들 물이 없으랴.

더듬이를 거둬라, 꽃술 훔치는 떼들아.

<1979>

연 싸 움

바람불 때 답답하지 않으려 몸부림치건만
떠오르나 떨어지나 목숨은 숨차구나
내려올수록 좁은 땅에는 내려오면서 싸워,
올라갈수록 넓은 하늘에는 올라가면서 싸워,
얽힌 것은 끝에서 풀어야 하니 끝이 나도록
약한 것은 꼬이면 질겨지니 꼬이도록
혼자 받은 괄시는 한판 붙어 돌려줘,
서로 맺힌 원한은 두판 붙어 풀어버려,
아직 못 나눈 사랑은 삼세판 붙어 나눠,
지고는 못 머무는 다함 없는 여기에서
이기고도 못 닿는 가없는 저기까지
오가는 길은 얼레로 놓인 허공이지만
끊기나 이어지나 헤매는 한세상
흘러야만 깊은 물처럼 흘러가며 싸워,
떠돌아야만 높은 구름처럼 떠돌며 싸워,
바람으로 픽픽 쏠리고 벌떡벌떡 일어나는 몸
떨어지다가 떨어지다가 홀연히 솟구치면
따로따로 살아 있구나 어우러져 살 멘데   <1980>

24

돌 개 바 람

세상에 발 못 붙이고 사는 恨을 아느냐
갈비뼈 으스러지도록 가슴 껴안고
빙글빙글 돌아봐도 누워 잠들 곳 없다
침묵과 울음 삭히며 돌은 단단해지는데
쓰러지면서 사람들은 서로 밀어젖히고
괭이 삽자루 녹이 슬어 붉은 황토
팔뚝 휘두르고 쫓아가면 이미 아무도 없다
아, 아, 누구를 기다리고 서서 살아가겠느냐
아낌없이 데리고 갈 흙먼지만 있다면
머물러 살지 못하는 새떼에게
뿌리 못박아 시드는 풀꽃에게 줘버려야 할
몸부림은 뜨겁다 뜨거워 뜨거운 숨소리로
안으로 소용돌이치고 겉으로 한을 풀어야 한다
휩쓸어도 휩쓸어도 남아도는 노여움으로
가거라 가거라 가거라 눈을 감은 채
모가지 얼싸안고 잠들 수 있는 곳

<1979>

질 경 이

질경이는 밟혀서 자란다
먼지 이는 길가에서는 먼지를 잠재울 줄 알며
자갈 하나에 깔려서도
질경이는 大地의 힘을 얻는다
밟히면 밟히면 눕고 눕고
잠시 누웠다가 기어코 일어나는 끈기
콱콱 밟힐수록 밟힐수록
뿌리뻗어내는 뿌리뻗어내는 뚝심
질경이는 잎을 포개고 벌레를 쉬게 하지만
잎만으로 뜬세상을 살지 않는다
우리가 맨몸으로 살아가며
가꾸는 어린 목숨도
쓰러지고 일어날 때 튼튼해지는 기쁨
봄 아침에 풋풋하게 질겨지는 질경이

<1979>

제 2 부

火　葬

피에 휘감겨 왔던 몸이
불에 휘감겨 가는구나.
묻혀 썩기에는 땅이 좁더냐.
바람 불어도 한숨쉬지 말거라, 소주 한잔
이젠 비 와도 진불 떨구지 말거라.
자 또 한잔, 연거푸 퇴주잔 비우니
저무는 해가 먼저 붉어진다.
살아서는 뜨거운 숨소리로 꺼져들더니
죽어서는 뜨거운 연기로 피어오르는구나.
祭酒가 불보다 더 화끈하건만
도대체 눈물은 마르지 않고,
못다 탄 뼈를 추스리면
살아 있는 시림은 관절이 저리다.
떠돌기에는 하늘도 좁지 않느냐.
구름이 몰려간 허공에 어둠이 몰려오는데
피 철철 흘리며 태어나서
불 활활 피우며 죽은 인생아.　　　　　　　　<1979>

28

埋　　葬

쨍쨍한 날 푸른 하늘이 멀다면
두 눈 콱 쑤셔 피 쏟겠다더니
너 눈 감을 수 있느냐?
구죽죽한 날 세찬 바람이 분다면
날뛰며 잡초에 불지르겠다더니
너 편히 누울 수 있느냐?
이제 조용한 세월이 온다면
혀 깨물고 울겠다더니
너 침묵할 수 있느냐?
살아 높은 자리 바라더니
죽어 비로소 자리잡은 산꼭대기
억울하여라, 관에 갇혀

척박한 땅속으로 갔으니
마침내 몸은 삭아 흙이 되더라도
진물은 깊숙한 물줄기로 흘러
목마른 사람들의 세상으로 오너라.

<1979>

風　　葬

물 따라 가지 못하는 눈물을 불태워
산 따라 가지 못하는 몸뚱어릴 불태워
바람 따라 보낸다. 벌건 대낮에
해를 향해 눈 흽뜨고 재를 뿌리니
바람 부는 쪽이 다 저승이더냐,
모진 언덕에 돌개바람 부는구나.
가거라 잘 가거라, 푸른 하늘에
올라가다가 굶주린 새떼도
앉을 곳 없는 허공에
홀연히 먹구름 되어 떠돈다면
어디에선가 천둥이 숨어 울 것이다.
통곡도 침묵도 없는 땅에는
염 못하고 새끼줄 묶지 못한 주검뿐이니
불태워 불태워 재를 뿌리다.
술 마시지 않고는 바로 걷지 못하고
싸우지 않고는 바로 눕지 못하는 여기,
다시 오고 싶거든 비 되어 와서
물 따라 가거라 산 따라 가거라.　　　　　　　＜1979＞

水　葬

땅에서 죽은 너를 바다에 묻으니
파도치는 곳 이젠 다 네 세상이다만
하마 가면 언제 오노? 갈매기 한 마리도
수평선 넘어가 돌아오지 않는데
덮어줄 금잔디도 없는 빈 손으로
물 한 움큼 쥐어봐도 잡히지 않는구나.
한숨보다 더 짠 바람으로 눈비비며
어디로 가야 하나, 우린 만장 없어 돛을 내린다.
북망 산천에 진달래도 꽃잎 떨구지만
살아서 떠돌이 죽어서도 떠돌이
조류 따라 떠돌며 잠든 해일 깨우고
돌아오지 않는 水兵이 껴안은 어뢰도 터뜨려
네가 물거품 한번으로나마 부글부글 끓는다면
다시 돛을 올리고 먼 바다로 가야지.
하늘에서 죽은 낮달이 가는 쪽
뱃머리 잡으며 노 젓는다. 우리는
네가 그리워 그리워 뭍으로 돌아가지 못하겠다. <1979>

返　葬

잘 왔다. 에헤라

잘 왔다. 햇빛과 바람의 고향에

금의환향 별것이냐

울긋불긋 녹음 지는데

죽음으로도 맨몸으로도 잘 왔다. 에헤라

빈털터리 떠돌이 타향살이 작파하고

건널수록 깊어지는 눈물강 지나서

오를수록 높아지는 눈물고개 넘어서

소름 돋히는 몸부림 없이 귀막히는 아우성 없이

잘 왔다. 에헤라

태어나는 곳만 고향이냐 죽어가는 곳도 고향이지

모질게 산 세상은 다 타향 아니더냐.

참꽃 핀다 분꽃 핀다 잘 왔다. 에헤라

부들부들 부들들이 온 누리 흔든다.

쌍심지 돋구고 왜 떠났더냐

눈감고 돌아올 것을,

펄쩍펄쩍 뛰며 왜 떠났더냐

산봉우리에 묏봉우리로 누울 것을,

잘 왔다. 에헤라

잘 왔다. 햇빛과 바람의 고향에

금의환향 별것이냐

울긋불긋 녹음 지는데

죽음으로도 맨몸으로도 잘 왔다. 에헤라

<1979>

繼　葬

갈 곳에 가는구나.

가야 할 곳에 가는구나.

뱃심에 살던 할아버지는 활에 죽고

울분에 살던 아버지는 창에 죽고

그 원한에 살던 아들은 힘에 죽어서 가는구나.

언젠가는 핏줄 따라가

언젠가는 죽음으로 代를 이어

거친 흙에 억센 몸으로 버틸 것을,

마침내 마침내 버티러 가는구나.

참꽃이 피어도 머물지 못하고

흰 나비 날아도 떠나지 못하는

진물뿐인 넋으로 메마른 산천을 적실 것을,

마침내 적시러 가는구나.

그렇구나. 그래, 활과 창이 없고 힘없는 저 세상에

할아버지의 뱃심으로 발버둥치기 위하여

아버지의 울분으로 아우성치기 위하여

원한으로 모진 세월 이기지 못한 아들은 죽어서

갈 곳에 가는구나.

가야 할 곳에 가는구나.

<1979>

護　葬

너와 너와 에이넘차 너와
적막한 산길에 발자욱 없이
너를 따라서 나도 간다만
너는 누워서 말없이 가고
나는 서서 울며 가는구나.
너와 너와 에이넘차 너와
먼저 갈 수도 없고
늦게 갈 수도 없구나.
먼저 죽었으니 한스럽고
늦도록 살려니 죄스럽구나.
너와 너와 에이넘차 너와
인생살이 그저 외길이더라.
좁으면 비척이고 넓으면 당당해도
내리막엔 걷잡지 못하고
오르막엔 숨이 가쁘더라.
너와 너와 에이넘차 너와
돌부리 채여 넘어지고

헛발 내디뎌 곤두박질치더라도
넘어보자 함께 넘어보자.

북망 가는 산마루 고갯마루
너와 너와 에이넘차 너와
네가 달이 되어 뜬다면
나는 달맞이꽃으로 피고 싶다만
너는 죽어서 넋으로 가고
나는 살아서 몸으로 갈 뿐이구나.
너와 너와 에이넘차 너와

<1979>

夜　葬

어둡게 살은 인생 어둠 속에 묻는다.
베수건 둘둘 말아 허리를 동여매고
葬具도 없이 숨죽이고 오르면
낮에는 낮던 산이 밤이 되니 높구나.
함께 묻어줄 별자리는 어딘지
아직 모르겠구나, 죽지 않은 우리는
祭酒나 마셔 대며 저승을 걱정한다.
우리가 죽어서 무엇이 될꼬?
감지 못하는 눈들이 남아서
이 세상을 훤히 눈빛으로 밝힌다면
안경알을 닦으며 죽음을 보겠다.
자 한잔, 잘 가거라 퇴주잔 물려내니
별들도 깜박한다.
베수건 풀어던지고 술취해 내려오면
산 위에서는 낮던 밤하늘이 산 아래서는 높구나.
함께 묻어줄 별자리가 어딘지
비로소 알겠다. 밤새도록 홀로 빛나는 저 북극성. <1979>

38

土 葬

고개 떨구고 서서 살던 네가
목에 힘주고 죽어 누웠구나
흙 한줌이 목구멍에서 삭을 때
이 땅도 비명지를 것이다. 으악으악
으악새가 꺾여진 비탈에서
별도 보이잖는 하늘 향해 눈감았으니
별자리로 올라가 눈을 뜨거라
죽어서 떠도는 자유는 묻을 수 없지만
묏봉우리 높아질수록 죽음은 네 것이다
북망산 넘어가다가 숨이 차서
네가 참꽃으로 헉헉 피어난다면
누가 아니 따먹겠느냐
배고프지 않아도 눈물나는구나
흙 한줌이 네 몸이 될 때까지
이 땅을 밟고 밟아 주리라
에헤야 디야 상사디야.

<1979>

虛　葬

어허리 덜구여, 죽었느냐.

어허리 덜구여, 살아 있느냐.

바닷가 언덕받이에 빈 묘를 쓴다만

삽질한 뒤 돌아보니

어허리 덜구여, 파도가 높구나.

어디쯤에서 헐떡거리고 있느냐.

하관한 뒤 돌아보니

어허리 덜구여, 수평선이 낮구나.

어디쯤에서 가라앉아 있느냐.

고기 잡아 벌어 사람답게 살려더니

훤한 세상 못 이루고 어두운 무덤 이뤘구나.

어허리 덜구여, 주검도 없이 묻혔구나.

언제쯤 넘오로니까 민나시 힘세 살쬬 ?

분봉한 뒤 돌아보니

어허리 덜구여, 바다와 하늘은 맞닿아 있구나.

밀물지면 앉아 기다리고 썰물지면 찾아 헤맸지만

어허리 덜구여, 이제는 돌아올 날 기약없어

바닷가 언덕받이에 빈 묘를 쓴다.

저승에 갔든지 이승에 있든지

어허리 덜구여, 몸이라도 성하거라.

<1979>

暗　葬

죽은 버린 자식 가마니에 싼다
상여소리 안 불러도 슬프다 슬픈 목숨
잘 가라 잘 가란 말을 해얄 텐데
양달 지나면 눈물나고 응달 지나면 목이 **메는구나**
누워서 하늘 보기는 저 기슭이 너무 낮고
서서 세상 보기는 이 땅이 너무 높으니
차라리 엎드려 화석이나 안될래?
사람이 죽어서 썩은 흙은 검다지만
그 자리 피어난 꽃송이는 어여쁘다
남몰래 찾아올 벌 나비에게
어찌 인생마저 슬프다 말할까
아무리 찾아봐도 묻어줄 곳 없어
죽은 버린 자식
주검에나마 흙칠하고 돌을 덮는다

〈1979〉

藁　葬

모질어지겠다며 새끼를 꼬더니
대통스러워지겠다며 가마니를 짜더니
몸짓없는 몸서리냐 짚에 싸였구나
잘 사는 곳에는 돈더미만 있는 게 아닌기라
옳게 사는 곳에는 똥더미만 있는 게 아닌기라
말없는 넋두리냐 흙더미 이뤘구나
쥐불 놓을 땐 화끈하게 살고 싶다더니만
날품 팔면서 살려니 속이 바짝 타더냐
꼴을 벨 땐 딱 뿌러지게 살고 싶다더니만
두엄 뒤적이며 살려니 홧병이 나더냐
죽어서라도 뜨거우려고 몸 삭히러 갔으니
철천지 한이었던 흙을 짓이기다가
그래도 무덤 속에 누워 있기에 답답하면
산줄기 타고 내려와 논밭에 스며들고
그래도 풀리지 않는 원한이 남아 있으면
다시 짚이 될 벼를 키우는 밑거름 되거라
나락더미 쌓아 놓으며 몸부림치겠다더니
초가지붕 용마루 높이며 큰소리 치겠다더니　　〈1979〉

合　葬

오호 오호 에이넘차 오호
바늘에 찔리면 피를 삼키고
실이 엉키면 옷고름 더욱 매더니
바늘에 실 따라 가듯
지아비 따라가 지어미 무덤 이룬다.
오호 오호 에이넘차 오호
한세상 꽃피워도
나비 찾아오는 물정 몰랐건만
몸뚱어리 썩어서 만나
진물로나마 눈물 대신 흘려라
오호 오호 에이넘차 오호
홀로 태어나 홀로 죽는다지만
함께 살아서도 홀로 헤매었다.
거친 바람도 멎은 언덕배기
죽어서 함께 누웠구나.
오호 오호 에이넘차 오호
원앙금칩 따로 있었더냐

잡초가 우거져 땅을 덮는 이승에

넋이라도 잎으로 돋아나서

못다한 사랑 못 대었던 몸을 비벼라.

오호 오호 에이넘차 오호

<1979>

鳥　葬

쪼아라 ! 쪼아 !
허옇게 눈뜨고 죽어
막막한 대낮의 허공에 지글지글 타는
해를 쳐다보는 우리 애기
이빨 없는 입 헤벌리고 죽어
한많은 세상의 곳곳에 버글버글 끓는
벌레 부르는 우리 애기
맨손 쥐고 죽어 다리 뻗고 죽어
북망산천 못 넘는 우리 애기
메마른 어미 젖가슴엔 묻을 수 없으니
넋이라도 훨훨훨
저 갈피 모를 하늘에 날아다니도록,
어리디어린 몸뚱어리
까익까익 까마귀 뇌어 울부짖도록,
몹쓸 병 들어 죽었어도
썩은 땅에는 묻을 수 없으니
우리 애기 피와 살 불볕에 튀도록
쪼아라 ! 쪼아 !　　　　　　　　　　　　　　　<1979>

招魂曲調 1

하늘로 오려거든 햇빛으로 오너라
캄캄한 세월에 온몸 묶여 떠난 네가
날 만나러 허이허이 새벽서리 헤치고
땅으로 오려거든 바람으로 오너라
남의 지붕 아래서 찬손 호호 부는 내가
보이잖는 먼눈 뜨고 한많은 널 기다리니
한길로 오려거든 흙먼지로 오너라
팔매질 당하고도 씨뿌리며 난 살았다
발길질 당하면서 널 위해 알곡 거뒀다
빈 들로 오려거든 풀벌레로 오너라
내가 먼저 널 보면 풀잎 흔들어 울께
네가 먼저 날 보면 물소리내어 웃으렴
강으로 오려거든 모래로 오너라

<1979>

招魂曲調 2

갈 수 없는 내가 가기 전에
올 수 있는 네가 오너라
대숲은 흔들리면서도 곧게곧게 우는데
승냥이는 날뛰면서도 날카롭게 우는데
하늘에서만 침묵하기에는 억울하잖느냐
피투성이 된다 해도 삶을 원했잖느냐
주먹 휘두르지 못하면 사람답게 지낼 수 없어
갈 적에는 주먹 쥐고 넋 재우러 갔어도
손바닥 뒤집지 못하면 사람답게 지낼 수 없으니
올 적에는 손 저으며 몸부림치러 오너라
때리지 못하면 맞아야 살지 않겠느냐
몸뚱이는 괴로와도 마음은 편치 않겠느냐
천둥우 사라지면서두 맵차게 우는데
벼락은 떨어지면서도 모질게 우는데
죽지 못해 사는 내가 가기 전에
살지 못해 죽은 네가 오너라

<1979>

48

招魂曲調 3

내 가거들랑 너 올래?
까마귀 날아와 허공을 쪼아대고
잔돌들 나딩구는 이 세상 바라보다가
내 죽어서 말없이 흙으로 가거들랑
죽은 너는 지진으로 울면서 올래?
풀벌레가 메마른 들꽃을 일깨우고
먹구름이 막막하게 한세월 휘몬다
내 죽어서 기슭으로 서럽게 가거들랑
죽은 너는 진물 쏟으며 화산으로 올래?
풀뿌리 씹어 먹고 물 마시며 헉헉댔다
저녁 연기 피어올라 흔들리는 마을에서
내 죽어서 조용한 하늘로 가거들랑
죽은 너는 벼락으로 통곡하며 올래?
풀씨들 흩어져 들판을 잠재우고
응달 양달 뒤바뀌는 이 세상 기다리다가
내 가거들랑 너 올래?

〈1980〉

招魂曲調 4

어디까지 왔느냐? 새벽으로 오느냐?

살아 우는 소쩍새 울음으로 오려느냐?

날 밝으면 마당에서 소곤소곤 부르마

구름까지 왔으면 그늘을 지우거라

한평생 뜨거운 세월에 몸 떨면서

바람 불면 산속에서 쩌렁쩌렁 부르마

골짝까지 왔으면 메아리 울리거라

인적없는 한세상 글썽이며 서성이다가

낮달 뜨면 언덕에서 가랑가랑 부르마

등성까지 왔으면 삐비꽃 뜯거라

터벅터벅 걷다가 황토에 한숨 쉬고

벼꽃 피면 장터에서 흥얼흥얼 부르마

들판까지 왔으면 아지랑이 흔들거라

흙먼지가 일어도 먼눈 비비고 술 마시고

날 저물면 고샅에서 고래고래 부르마

비탈까지 왔으면 바윗돌 굴리거라

땅바닥에 먼 귀 대니 한 마음 울렁댄다

어디까지 왔느냐? 한밤으로 오느냐?

살아 우는 소쩍새 울음으로 오려느냐?

<1980>

招魂曲調 5

네가 빛으로 하늘에 못 돌아와도
해 뜨면 해 뜨면 나는 비틀거리겠다
우뚝우뚝 솟았지만 팍팍한 봉우리
아직도 몸뚱일 썩히고 있다면
네가 바람으로 땅에 못 돌아와도
움 돋으면 움 돋으면 나는 두리번거리겠다
일생일대 숨죽이고 바람받이로 뒤척였어도
아지랑이 데리고 홀연히 오길 기다렸다
네가 흙먼지로 한길에 못 돌아와도
까마귀 날면 까마귀 날면 나는 몸서리치겠다
세상에서 가장 슬픈 때가 오지 않아
구불구불한 등성에서 뻣뻣한 죽음으로 버티느냐
네가 풀벌레로 빈 들에 못 돌아와도
찬꽃 피면 찬꽃 피면 나는 잉잉 울겠다
꽃잎 뜯어 골백번 짓씹다가 토하면서
불현듯 천파만파 물결이고 싶은 낮마다
네가 모래로 강에 못 돌아와도
물소리 나면 물소리 나면 나는 나딩굴겠다   ＜1980＞

52

不　　歸

붉은 해 뜬 언덕에 흰눈 치뜬 몸으로는
햇빛의 고향에 캄캄한 넋으로는, 에헤
못 돌아오누나 못 돌아와, 너 못 돌아오누나
껄껄 웃으며 너 팔매질하던 묏부리에는
후여후여 내쫓을수록 산새가 날아들고
껴껴 울며 너 발길질하던 들판에는
지근지근 썹을수록 들꽃이 피는데
장총 쏘던 先人은 올가미에 졸려 죽고
총성에 눕던 피막이풀이 비명에 일어설 때
팔자타령 신세타령 상여소리로 일축하고
타관살이 인생살이 상여로 작파했다지만
끓어오르던 피를 먹구름에게 주었느냐
나라 찾으러 허청허청 너 건너뛰던
눈물강은 깊어져도 흙탕물이 넘치고
골병든 몸뚱어릴 돌개바람에게 주었느냐
백성들 만나러 헐떡헐떡 너 넘어가던
눈물고개는 높아져도 흙먼지가 이는데

못 돌아오누나 못 돌아와, 너 못 돌아오누나
붉은 해 뜬 언덕에 흰눈 치뜬 몸으로는
햇빛의 고향에 캄캄한 넋으로는, 에헤

<1980>

제 3 부

멀디먼 서울

지하도 계단에서 아이를 안고 앉아
구걸하는 어미의 푸르딩딩한 손바닥이
차라리 돌을 쥐게 할 곳 어디인가
눈 내려 거리에 머문 밤은 깊었다
지금은 인간을 잃어버린 시인과
인간을 못 구하는 詩마저 증오스럽나니
멈춰 서서 아득한 하늘을 우러르면
피흘려라 눈망울 찔러 대며 오는 눈발
어디에서 몸져 누워 아픈 마음 덮을까
불빛에도 붉은 정맥 보이는 어미는
아이의 보이지 않는 꿈을 보듬으며
시인보다 詩보다 동전 한닢 더 기다리는데
어둠은 깊어 기리마다 돌을 삼순다
인간도 없이 꽁꽁 얼어붙는 겨울밤
쓰러져라 끝끝내 내리는 눈송이로
세상은 외면하고 바람만 불어제끼지만
밤 깊어 새벽은 더더욱 가까와졌다

아아 시인이 이 혹한을 녹일까
오히려 詩를 모르는 가슴이 뜨겁나니
지하도 계단에서 아이가 자라나
구걸하던 손바닥으로 어미를 안으며
마침내 돌을 찾아 던질 곳 어디인가

<1980>

중랑천 니나노집 1

중랑천에 모여앉아 술잔을 앞에 두고
한물 간 청춘과 술을 아쉬워하시라
썩은 물은 고인 채 엉켜서 또 썩고
젓가락은 짝 맞는 두 개 우린 외톨 몸뚱이
목소리마다 끊고 맺는 가락은 팔팔하구나
바람 불던 가을에는 바람소리로 맞췄던가
눈 내리던 겨울에는 눈소리로 맞췄지
오늘은 쓸쓸히 가랑비 오는 봄밤이다
글러버린 사랑은 빗소리에 맞추어라
빈 주전자 두드리며 빗방울에 취하여
젓가락은 짝 맞는 두 개 우린 외톨 몸뚱이
죄고 어르는 가락마다 빗줄기가 넘나들며
풋나기 훔쳐보는 눈빛을 흔든다
비 젖은 세상살이 아직도 몰라라
비 그쳐 맑은 세상 무지개가 길이 되면
그 길 즈려 밟으며 시집갈 날 기다리며
젓가락은 짝 맞는 두 개 우린 외톨 몸뚱이

니나노 이 하룻밤 무슨 노랠 부르나
봄이 가면 여름에는 무슨 소리로 맞추나
썩은 물은 빗물 따라 흐르며 또 썩는데
중랑천에 모여앉아 술잔을 앞에 두고
한물 간 청춘과 술을 아쉬워하시라

<1980>

중랑천 니나노집 3

중랑천 썩은 물을 슬쩍 내려다보니

이목구비 없이 죽은 아이들이 놀고 있네

먹구름만 끼어도 무서워라, 니기미 ××

비 오는 밤에 처음 간직했던 천둥이

이세는 섯가슴 속에서 늘 울어싸

서른 알의 피임약에 어미 노릇 팔곤 했지만

물살을 요리조리 헤쳐가는 저 아이들

어리디어린 숨결을 주지 못해 안슬프구나

볼장 다 본 몸뚱이에 고운 숨이 어디 있겠느냐

세상 모르게 몸짓하는 저 아이들

가 버려라 안 보이는 땅으로

이 목소리가 숨결 되어 빗소리를 잠재운다면

니나노 노랫가락 버선 속에 감추고

생젖을 쥐어짜며 중랑천을 떠나겠지만

지어미 되어 이목구비 찾아줄 수 있을까

오늘밤 오는 비는 천둥을 데려가거라

맑은 마음을 간직하고 싶다, 니기미 ××

중랑천 썩은 물을 슬쩍 내려다보니
어매 어매 우리 어매 우릴 버린 우리 어매
이목구비 없이 죽은 아이들이 놀고 있네

<1980>

면목동 죽세공

세상 밖에 밀려나와 시린 눈 홀로 뜨고
낮볕이나 찾으며 바구니를 엮는다
생긴 대로 살고 싶어 대나무를 쪼개고
칼날에 반짝이는 햇빛으로 비쳐보면
그립고 그리워라 대창 던지던 시대에
대활로 푸른 하늘 겨누던 아버지
대피리 불면서 하염없던 어머니
대나무에 맡겼던 생애는 왜 덧없었을까
꺾이지 말거라 당부하던 이곳에서
아버지 피 쏟으며 대밭에 쓰러졌고
어머니 댓잎을 흔들며 미쳤어도
어우러져 살고 싶어 바구니를 엮는다
둥글게 둥글게 휘어가는 삶으로
마디마다 옹근 세월 불에 달궈 구부리고
빈 마음도 비틀어 얼기설기 결지른다
날과 씨 여러 오리 엇갈려 밑바닥 되고
서너 겹 둘러서 테두리가 짜여지면

예전엔 이웃들 살림살이 담았건만
무얼 담나 지금은 걱정이 앞서나니
희망없는 세상 밖에 바구니를 들고 서서
낮볕이나 떨어지길 기다리며 눈을 감는다

<1980>

솜틀집 아재

아직은 못 돌아갈 고향 낯익은 뫼골들
그 안부 일러주는 달빛 받아들여
누덕누덕 더러운 솜을 타는 솜틀집 아재
그리운 아내 얼굴로 부풀어오르는 솜들은
더러 낱낱 흩어져 눈썹 되어 달아나고
혹은 한데 뭉쳐 가슴 되어 다가와서
지금까지 잊고 산 북녘 밤 일깨우나니
젊은 아내 남겨두고 혈혈단신 내려와서
이불깃 봐 가며 발 뻗어 산 30년
갈 수 있다면 길바닥에 솜 뿌리며 가서
그믐 초생 사이 그 달빛들 뭉뚱그려
원앙금침 놓고 싶은 솜틀집 아재
한 달이면 설흔 닐 차고 지는 틸 따라
솜옷 한벌 없이 추위에 떨며 서서
달빛에 가슴 미어도 기다릴 아내여
솜솜하게 생각날수록 뭉개진 솜을 펴
묵은 세월의 찌꺼기 일일이 가려내고

한 가정 평화의 잠 깊은 꿈 달래 주는
솜틀집 아재, 달빛보다 희고 따습게 솜을 타
북녘 밤까지 덮고 싶은 솜틀집 아재
그렇게 돌아가리라 솜틀을 돌린다

<1980>

옹기장이 할아버지

일찍 간 넋들이 이룬 흙을 주물러
인간의 양식 담을 옹기를 만든다
애닯구나 애달퍼 저문 나라 진토 되어
흩어졌다 이제 섞여 하나로 모였나니
기리는 그리움으로 가마에 불 지핀다
넋들도 돌아와 뜨겁게 우느냐
타고난 모양도 동강난 땅을 닮아
초벌구이 옹기마다 한 서려 검고녀
압제 삼십육년간은 쫓기는 자 숨겨주고
남몰래 흘린 눈물을 채워두면
끝모르게 깊어가던 마음 아니었던가
사변통엔 피난민 수도 없이 감춰주고
총소리에 묻히는 숨소리를 죽이며
얼굴 비벼 안기던 젖가슴 아니었던가
넋들이 응어리진 옹기들을 꺼내어
이웃들 한숨 어린 바람에 말리는데
아아 다시 또 조각나 진토 되겠느냐

비틀대며 세월을 돌아가는 사람은
술이나 담아서 익히지 않을는지
오늘밤 내리는 달빛 받아들여도
내일이면 설움으로 텅텅 빌 테지만
인간의 양식 담을 옹기를 만들어
일찍 간 넋들을 자자손손 보고지고

<1980>

청량리 역전

하나씩 켜 놓은 간데라 불빛들이
서로의 얼굴을 밝혀주는 동안은
서울에 살려고 우리는 말이 없다
불빛에 띄워 보내는 우리 눈빛들이
땅 끝까지 못 가고 여기에 다시 모여
가난에 겨운 저녁을 지키는데
바람 빠진 타이어 녹슨 리어카
성냥갑 속에 숨어 있는 뜨거움과
고향이 각기 다른 과일들을 늘어놓고
서러운 인생은 언제까지 서러운가
제 먹을 것은 다 타고 난다지만
털어봐야 먼지뿐인 팔자들
바람 찬 지방행 완행열차 떠나면
언 발을 동동 굴리며 주머니를 뒤져
꽁초 꼬나물고 간데라 불을 댕긴다
흐린 담배 불빛이 점점이 모여서
서울 하늘 별빛 대신 시려올 때

하룻밤 더펄머리 흔드는 창녀들이

남몰래 별을 안고 치는 눈웃음으로

우리는 추위 속에서도 온몸이 단다

그럼 이제부터야 한 몸 눕힐 곳 없어도

청량리 역전 낯설은 상경자들에게

간데라 불빛 한 줄기씩 나눠주며

꺼지지 않는 목숨으로 막판까지 온 우리는

장한몽도 꿈이니 눈뜨고 꿈꾸며

서울에 살려고 간데라 불을 돋운다

<1980>

聾　啞

노래 못 듣는 귀를 맞대고
큰 소리에 묻히는 작은 소리를 생각하며
애야, 우린 눈을 뜨고 살자
누가 우리 귀를 빼앗았는지 몰라도
마음 열어 살자
애야, 귀 있어도 참말 못 듣는 사람보다
귀 없어 헛말 안 듣는 우리를 지키며
우리가 사는 이곳을 사랑하자
누가 우리 입을 빼앗았는지 몰라도
우리는 손짓으로 눈을 통하여 마음에 닿는데
애야, 입 있어도 참말 못하는 사람보다
입 없어 헛말 안하는 우리를 지키며
우리가 사는 이곳을 사랑하사
여기는 얼마나 조용하냐
입으로 하는 말이 뜻이 안되고
귀로 듣는 말이 안되는 뜻뿐인 세상에
우리는 노래 못하는 입을 맞대고

작은 소리를 묻어버리는 큰 소리를 잊으며
열 손가락으로 눈물을 말하지 말자
애야, 말해도 자유로운 생명이다만

<1979>

갈보리씨 뿌리며

지난 봄 깜부기 뽑던 그날
밟혀서 꺾인 형제의 보리는
대궁이가 말라 피리를 만들지 못하고
씨 할 종자마저 여물지 않아서
이 가을엔 노래하며 이랑 일굴 수가 없겠구나
가엾은 형제 가엾은 날
내 마음 먼저 가 흙을 패고 있어라
물 가는 데 물 있고
산 가는 데 산 있어도
사람 있는 데 사람 못 가는 곳
형제는 고무래질하고 있을까
문지방에 걸터앉아 큰 인물 그릴까
저 마른 벌판 보며 울고 있을까
눈물에는 노래가 제일이라지만
덧없는 찬서리가 내릴까 근심 걱정이구나
인간을 향해 울던 풀벌레가 사라지기 전에
갈보리씨 알알이 뿌리며 밭두렁길 내어서

형제의 밭까지 갈라진 이 땅 이으며

성큼성큼 나는 가겠다

보리를 위하여 오는 내년 봄까지

형제는 넉넉하게 거름을 썩히고 있어라

<1981>

아 부 지 요

제는요, 살아오면서 강으로 살고 싶었니더
제는요, 태어날 적부터 뜻이 있어
우리나라 위해 엉엉 울었다고 하셨지예
살아가면서 눈물을 아껴두기보다는
칼에 베어도 죽지 않는 강물이 돼야 안되겠읍니껴
곡식에 병이 생기면 사람들이 아프고
한 해의 곡식이 마르면 사람들이 평생 목이 타서
물꼬 싸움하는 땅을 주셨잖읍니껴
똘물에서 헐떡이는 피래미떼 모으고
봄 찾아 돌아오는 떠돌이새 맞이하고
천방지축 컹컹 짖는 들짐승도 달래주며
제는요, 곧게곧게 멀어지는 폭포말고요
휘며 꺾이며 흐르는 굽이굽이 강물말입니더
두만강 압록강 임진강 금강 모두
낙동강까지 한 줄기 물길로 잇고 싶었니더
아침 저녁 왔다가는 짜디짠 밀물 썰물 아니라
서러운 우리나라 사람들이 두 손 모아 떠먹고

볍씨 겉보리 씨앗 몇 됫박 거두는 평야 위해
제는요, 민물로 살기로 안했읍니껴

<1981>

엄마 엄마

청산을 가꾸지 못하는 삶이지만
목숨이야 청청한 솔이라고 합시다
이슬이 머물다 갈 넓은 잎은 없어도
눈비 견디기에는 가슴이 넉넉한 기라요
가시 많은 아카시아꽃 피우고 시들고
가지 많은 상수리나무 바람 잘 날 없어 흔들리니
입때까지 청산유수 잊고 사는 엄마 엄마
가뭄 뒤에 푸르게 남아 그늘 지우는 기라요
몸이야 끈적끈적 진물 흘려 아프지만
이 산 저 산 메아리로 잠긴 목 틔우는 기라요
새들이 멀리멀리 노을 속으로 날아가니더
길들지 않는 짐승들이 마을에서 우니더
한길에 서서 히히 웃는 장승이고픈 거
풀죽어서 건들건들 강가의 갈대이고픈 거
그 한때의 마음일랑 에헤라 때려치우고
목숨이야 청청한 솔이라고 합시다

<1981>

76

동   생

팔매질하여 참새떼 쫓아야 할 이때

갈대잎 말아 피리나 만들어 불면 우짜노

싯푸른 하늘에 뜨건 해는 괜찮다만

설익은 곡식에겐 바람을 줘야제

때로는 사는 일 미뤄놓고 사는 게야

벼 속에 피 한 포기 자라고 있으면

벌판을 이룰 수 있는지 두고 보는 게야

사람답게 살고프나 살기가 어려우면

송장메뚜기를 놓치며 마음을 비워 두거든

낫날을 두 손에 꽉 쥐어 잡거든

흙을 안 밟고 무릎 꿇어 보거든

해보나마나 뜻대로 잘 안 되거든

그러니 팔매질이나 해야제 뭘 하겠노

알알이 여물어 씨나락을 거둘 때까지

풋바심하여 한 끼 요기라도 하고

넓디넓은 들에 후여어 후여어 후여어

<1981>

할 매 요

돌개바람이 지나간 마당에 나가
싸리비로 흙이나 고르고 있으시이소
뉘 골라낸 싸래기로 죽 쑤어 놓고
아궁이의 재를 쳐서 숟가락을 닦으시이소
누가 와서 구걸을 한다 할지라도
마당에 멍석 펴고 죽을 대접하시이소
먹구름이 이승 끝까지 끼는데
이제 어디에 가서 넉넉하게 살겠능교?
비온 뒤 하늘의 무지개나 쳐다보며
그리운 자식들 그려볼 뿐입니더
풋벼 풋과일 일찍 가을 거두어서
구걸하는 그 누구에게라도 나누어 잡수시이소
인생 여든도 튼튼한 기라요
체는 벽에 걸고 소반은 부뚜막에 누고
크고 작은 단지들은 장독대에 놔두고
다시 부는 돌개바람 속에 들어가 보시이소
살아온 삶이 이 마당에서
어떻게 아름다와졌는지 모르잖능교? 모르잖능교? <1981>

78

조   카

한국말로 우리나라라고 부르기보다는
더 쉬운 영어로 불러서 코리아
코리아 코리아에 다니려 온 조카
처음이자 마지막으로 부탁 한 가지 한다면
개구리 잡아 뒷다리 구워서 뜯어먹고
목화송이 따 단물 빨아먹어 보래이
이 땅을 못 떠난 서러운 사람들의
골백년 삶을 단박에 알 수 있을끼다
니가 사는 미국에 밤이 오면
내가 사는 한국에는 어떤 때이겠노
흔한 대로 말해서 아침이 와서 아침이 와서
쇠비름풀 쇠뜨기풀 속에 노고지리 알을 까는 때
키 큰 니도 언덕 위에서 바라보면
해 아래 엎드려서 울고 싶어질 꺼구먼
내 호미 들고 논두렁에서 먼 데 한눈 팔 동안
니 돌아와 함께 살아야 할 곳
한국말도 모르면서 조국에 와서
하이 하이 엉클 종오 악수하는 조카   <1981>

아 무 개

저 많고 많은 벌레들 풋풋한 울음으로
햇빛과 바람 속에 잠긴 목청 틔우기 위해
평야를 뛰다가 발목 삐친 니 병은 다 나았나?
저 많고 많은 나무들 마른 갈비로
불씨를 피워 이 땅에 뿌리기 위해
산맥을 넘다 발목 삐친 내 병은 덜 나았데이
아직 할 일을 일컫자면 그 봄에 죽은
친구의 죽음 앞에 비석도 세워야제,
이쪽 저쪽 가른 울타리를 거두고는
잡초 베어 거름삼고 논밭을 일궈야제,
하다못해 먼지나 이슬에도 기웃거리며
두고두고 할 일을 찾아야 되는기라
니가 입 다물고 못 있었던 거야
내가 눈감고 못 걸었던 거야
우매하게 힘을 믿었던 니 탓 내 탓이지만
참으로 모를 것은 하마 낫지 않는 병이로구먼
이제는 저 길고긴 강물 위에 몸져 흘러가며

물고기의 숨으로 숨찬 몸을 풀면서

어떻게 사나 생각해야 되지 않는가베?

<1981>

賣　春

내 땀 흘린 봄날을 팔아서
네 숨가쁜 봄밤을 샀지만
꽃이 지는구나. 못난 놈
잘난 놈 따로 없다. 얼굴 맞보면
우린 선남신녀가 아니냐.
사랑은 시시해 인생은 거짓말
담뱃불 안스러운 맹세를 해도
달이 저문다. 이팔청춘에 한세상
일장춘몽도 깨지 않으면 행복이냐.
내 품을 팔아서 네 젖가슴을 사도
신음소리 뼛골 쑤시기는 마찬가진데
이 골목 저 골목 하룻밤에 만리장성.

〈1979〉

82

평야는 평야 산맥은 산맥

나야말로 이 땅에 없어선 안될 흙이지예
아름다운 우리나라 길이길이 물려주려고
한없이 흘러야만 불어나고 줄어드는
물길을 다스리며 풀들 나무들 키웠거등요
나 아니라도 해나갈 일이겠지만서도요
뿌리 내려서만 싱싱해지는 곡식들에게 사시장철
거름과 공기를 대기는 솔직히 어려운 기라요
나야 나답게 험한 세상 잘 버텨서
가뭄이나 홍수에는 거친 바람 불게 했지만
대풍에는 고랑마다 골짝마다 벌레들 잠재워서
사람을 사람으로 있게 하고 싶걸랑요
내 소원 펼칠 기회 한번 더 주어진다면
이쪽이니 저쪽이니 하는 말 있제요, 그 말을
아무데나 날아다니는 새 소리로 바꿀 끼구먼요
우리나라 위해서 태어난 것들 통들어
이 땅의 흙으로 살아가도록 하는
날 일컬어서 국토라고 하는 기라요   <1981>

제 4 부

비 노 래

비야 비야 장마비야 오지 마라
날 길러 황토 물려준 어머니
죽어서 이루었던 봄이 갔는데
날 부르며 해 뜨겁길 빌던 어머니
천둥 치면 상기도 눈 못 감을라
낮달이나 데리고 숨어 울어나 주지
산울림도 헉헉 우는 뫼골에는 왜 오느냐
뫼가 좋아 왔으면 구름으로나 헐떡이지
골이 좋아 왔으면 안개로나 흔들리지
소낙비 되어 왜 천지를 휘모느냐
날 보고접어 넋으로 떠도는 어머니
죽어서도 이 땅에선 차마 눈 못 감아
벼락 치면 하마 날 데리고 갈라
아직은 황토에 꽃 키울 일이 남았는데
봄만 갔으면 됐지 나도 가야겠느냐
비야 비야 장마비야 오지 마라

<1980>

86

해 노 래

참빗 줄께 빛나거라 얼레빗 줄께 빛나거라
내 머리 풀고 황토에서 빗소리 달래는 동안
어머니祭 드릴 곳으로 무지개 안 놓아주면
빗방을 떠도는 뫼골을 어떻게 넘어가리
내 머리 푼 뜻을 젖은 세상의 뜻으로 알았거든
참빗 줄께 빛나거라 얼레빗 줄께 빛나거라

<1980>

바 람 노 래

바람아 바람아 흙바람아 불어라
의붓어미 들어올 적 이 땅을 빼앗겨
노래하는 형제들 쉴 그늘이 없어졌지만
불 테면 흔들기 좋은 버드나무에 불어
붙오른 가지들을 뚝뚝 꺾어 주며는
목 잠겼던 형제들 버들피리 만들어
의붓어미 쫓겨갈 적 이 땅에 붉게
바람아 바람아 흙바람아 불어라

<1980>

구 름 노 래

구름아 구름아

오더라도 황토굽이에 먹구름으로 오지 마라

의붓어미 눈에서부터 해가 가려지면

아버진 더운 땅 팍팍 갈다가

너 떨어져 물 되어 얼지 않고 왜 떠도는지

너 눈인지 비인지 도무지 모르면서도

의붓어미 희번득이는 눈빛 어지러워

아버진 푸른 하늘만 바라며 비틀거린다.

구름아 구름아

오더라도 황토굽이에 먹구름으로 오지 마라

<1980>

눈 노 래

눈아 눈아 어머니 뫼에 오는 눈아
이복동생에게 알곡 앗긴 우리 형제
가슴 멜 다음 땅 찾아 헤매는데
천만번 울면서 송이송이 내리면
슬픔 많은 묏부리 덮으러 누가 가나
서슬 푸른 이복동생이 가겠나
우리 형제 호호 입김 불며 가야 하련만
어쩌란 말이냐 인적 없는 세상에
이엉 만들 짚도 한 주먹 못 쥐고
이복동생에게 문문히 쫓겨난 우리 형제
눈아 눈아 어머니 뫼에 오는 눈아

<1980>

어미아비 노래

어미아비가 설마 종일라

널 키워 바람소리 들려주며

이 땅의 슬프디슬픈 가락이라고

청산에 버려진 떠돌이새의 울음이

이 나라의 남아 있는 말이라고

우리가 가르쳤다만 아가 아가 우리 아가

이 흙으로 돌아가야 한다며

풋벼 바심하여 허연 뜨물 떠먹던

이 하늘 아래 목마른 목소리들이

폭포소리 숨어 있는 똘물에 못 젖어도

널 바라 쳐다보는 뜨건 해는

어미아비가 아무려면 주인 아닐라

<1980>

자 장 노 래

아가 아가 울지 마라 잠 못 이뤄 울어도
이 어둠이 넓고 넓은 땅 끝까지 가득 차서
눈물방울은 풀잎 위 이슬로도 앉지 못하고
울음소린 바람이 안돼 풀잎도 못 흔들지니
햇빛이 희어오는 아침 되기 전에는
아가 아가 울지 마라 오늘밤엔 배고파도

<1980>

사 랑 노 래

우리 만난 이 세상에 풀꽃 피고
네가 살아 있을 때
널 따라 나비 날거든 나도 살아가는 줄 알거라.
햇살에 부신 눈을 비비며
한세월 보이잖는 길을 더듬어
푸른 하늘 서러운 황토에 왔다.
우리 괴로운 이 세상에 먹구름 끼고
네가 눈물 흘릴 때
널 따라 비 오거든 나도 우는 줄 알거라.
갈대 서걱거리는 허허벌판 바라보며
바람 부는 벼랑 끝에 장승으로 서 있지만
모진 마음은 더욱 응어리지는구나.
우리 헤어지는 이 세상에 천둥 치고
네가 죽을 때
널 따라 벼락 떨어지거든 나도 죽는 줄 알거라.
인생 한번 간 뒤에도 밤이 오듯이
사람 사랑하는 것은 운명 아니냐.
천지간에 어둠이 뒤덮여온다.   <1979>

思美人曲

꽃망울에 담긴
이슬의 맑은 눈으로
해를 여신 님은
꽃피는 소리의 부피만큼
살을 흔드시고
傷한 피를 흔드시고
꽃 속에 들어가시어
불현듯 크낙한 아침이 되시니
저의 영혼의 꽃밭은
한동안 미쁜 음성에 젖나이다

<1975>

허수아비의 꿈

당신 핏속의 제 피를 꿈꿉니다
저 가을의 바깥에서
저 먼 빛으로
당신의 일체를 거두어놓고
이윽고
당신 살 속의 제 살을 꿈꿉니다
꿈은 그러나
제 속까지 오지 않고
보이지 않는 잠을 사이 두고
당신을 만납니다
마침내
당신 뼛속의 제 뼈를 꿈꾸다가
꿈의 빈 벌판에서 문득
당신 속의 저를 만납니다

<1975>

젊은 아내에게

푸른 하늘 아래서 태어난 목숨이라지만
한동안 해를 향해 비틀거릴 우리다
해를 가리며 지나가는 먹구름 따라가서
비온 뒤 설 무지개 위해 웃을 우리다
팍팍한 땅에서 맺어진 삶이라지만
흙을 딛고 세상 일 견딜 우리다
살아 있지 않으면 누가 청산을 키울까
아내여 아내여 젊디젊은 아내여
살아 있지 않으면 무엇으로 낮을 지킬까
모든 인간이 낳은 아이들의 첫울음을 들으며
새떼들도 날아와 둥우리에 알을 깐다
아내여 젊디젊은 아내여 바람 부는
이 하루 거운 일에 팽흘려 버리고
들에 나가 이슬 모아 손 씻은 다음
참꽃 따먹고 허기진 배를 채우고
분꽃 따 얼굴 덮고 자고 깨면
첩첩 봉우리마다 먼동은 곱겠지

우리가 오늘밤 다시 사랑을 이룰지라도

이젠 오랫동안 해를 향해 눈 부릅떠야 할 우리다

<1980>

저 산동네

지금 밤이지만 좀 보렴
저 산동네에는 새로 켠 전등이 없어
불빛은 조그맣게 멀리 가고 싶어하면서
불빛은 높고 낮게 분명히 반짝이지
더 올라가도 천당은 없고
더 내려가도 지옥은 없는데
사람 위에도 사람 살고
사람 밑에도 사람 살지
헌 전등이 꺼져 캄캄해지면
불빛이 어디쯤서 인간을 부르는지
오늘밤에는 보고 잠을 자렴

<1981>

南 男 北 女

나도야 눕고 당신도야 누워서

호롱불 밝힌 밤에 그 불빛 끝간 데서

버드나무들이 버들피리 소리내고

그 가락 헤아려 남북 산천 푸르러진다면

우리 아니고 호롱불 높일 이

뉘 있으리 저 호롱불 높일 이

우리 아니면 없건마는

나도야 눕고 당신도야 누워 서로 팔 베었으니

저 불빛으로 두 허리 바리바리 묶어서

버들피리 소리 찾아가 버드나무들을 흔들며

남북 산천 딩굴면 호롱불도 이밤내 꺼지진 않으리

<1981>

은 하 수

정신대 간 누부가 끌러놓았을 옷고름이
시방도 밤이면 펄럭여 보이누나
꽃댕기 쥐어잡혀 끌려가던 논둑에는
봄이 와서 댕기풀이 무더기로 돋아나건만
고무신 질질 끌고 가서 오지 않는 누부야
나 홀로 절름거리며 논 매고 돌아온다
대동아전쟁에 징병간 형님 찾으려고
공출 내러 갔던 아배는 매 맞아 죽고
솔잎 섭으며 어매는 부황들어 죽어,
갈 적에 이 땅의 슬픔 안고 간 누부야
나는 논 한 골 매는데 뼈가 다 빠지더라
피눈물로 바들바들 앞섶 풀었을 누부야
동탄이 시나도 돌아오지 않는 누부야
반물치마 속에 숨겨 간 아지랑이 풀어내어
수많은 허리 휘감아 몸부림쳤을 누부야
눈 딱 감고 혀 앙깨문 이빨 사이로
뱉어내어 아직도 떠돌고 있는 신음소리

닛뽄징 조오센징 덴노헤이까 오나지네*

북방하늘 질겁하는 별들에서 들려오누나

<1980>

＊ '일본인과 조선인은 천황폐하가 같지요'라는 뜻으로, 일제에 강제 매춘당한 우리나라 여성들이 그 비참한 생활 속에서도 목숨을 부지하기 위해 일본 병사에 대한 서비스 용어로 서툴게 사용했다고 한다.

그 분

잊혀진 사람들을 만나려 먼 길 가던
그분은 춥고 외로운 이 마을에 머물러
잠시 우리 형제 생각하며 우셨읍니다
배다른 우리 형제 핏줄 따져 싸울 적에
나뭇가지 꺾어 회초리를 만들어
스스로 때리며 떠나셨읍니다
형제여 욕된 유산 황토를 앗기 위해
아직도 長子를 탐하겠읍니까
어미 아비로부터 내려온 잘못을 깨달아
서로에게 따귀를 내어놓을 수는 없었읍니까
그분이 안 계시면 庶子를 가릴 수 없읍니다
평등과 평화를 가지고 오셨건만
형제여 제물에 눈멀어 눈멀어 이제는
그분 맞이할 때를 잃어버렸으므로
그분 찾으러 떠날 때를 기다려야 합니다
알곡 다 먹어 집안은 텅텅 비었는데
배다른 우리 형제 핏줄 따져 싸울 적에

살아갈 길을 거두어 발자욱도 없이
더 오래 잊혀진 곳으로 떠나셨읍니다
스스로 매맞는 소리만 남겨 두고
그분은 춥고 외로운 이 마을을 지나면서
이미 우리 형제 버리며 우셨읍니다

<1981>

懺　詩

　　피리를 불다가

어떻게 울어 나는 시인이었더냐
아름다운 말을 중얼거리며 어떻게
신음으로 가락을 빚었더냐 바람에서
모진 목소리 찾아내어 외쳤더냐
흙먼지가 일어 숨죽였던 땅에서
왜 하늘이 푸른 노래를 불렀더냐
지난 여름 너무 일찍 울어버리던 귀뚜라미와
혼자 불던 피리 소리 한 파람 남겨
누굴 위해 울어서 시인이었더냐

　　휴지통을 들고서

이 시대가 이름 붙여준 시인으로서 나는
흙을 삼키고 우는 아이에게 하필이면
먼 길을 보여 주었더냐 해가 질 때

x

104

처마 밑에 서서 국토를 떠올리며

왜 계집이 그리운 詩를 읊조렸더냐

내가 버린 건 천국으로 갈 발자욱인데,

빈 휴지통을 들고 무얼 주워 담으려 했더냐

삼류 시인이 뇌어 정말 정말

아이와 계집을 생각하고 어찌

보이지 않는 사람에 대해 침묵하려느냐

<1981>

아침놀에서 저녁놀까지

우리가 아니면 함부로 닿지 못한다
둥우리 짓기 위해 철새가 날아오고
햇빛이 골백 줄기 화안히 쏟아져도
한때는 한 개피 담배가 당당하고
다른 때는 한잔술이 썩썩한데
남을 비웃지 않아도 일할 수 있고
스스로 울지 않아도 잠들 수 있는 저기,
나무 심어놓고 그늘에 쉬어 가고
먼지 일으키고 靑山에 뛰어 가도
우리가 아니면 누구도 닿지 못한다
빈 들에 떨구었던 땀방울 주워 들면서
얼음 풀리던 날의 물소리를 찾으면서
웃음과 눈물을 번갈아 살이아 하는
아침놀에서 저녁놀까지 우리가 아니면

<1980>

바늘 구멍으로 세상을

누워 있어도 서 있어도
하늘은 푸르고 높구나
어디로나 내려가기 위해
길은 자꾸 낮아지고
입지 않고 먹지 않고 잠들지 않아도
땅은 자꾸 비틀거리는구나
앞으로 가도 뒤로 가도
바로 걸을 수 없는데
누우면 길이 일어나고
서면 길이 누울 뿐,
내가 밟은 땅은 좁고
내가 밟지 못한 땅은 넓어라
낮에는 다만 하늘만 푸르고 높아
바늘 구멍으로 세상을 봐야겠구나

<1979>

형   님   예

느티나무 가지 끝 빈 둥지 보며 성내긴요
내는 내는 철새를 기다리고 있니더
사람의 마음은 돋아나는 잡초와 같아
살다보면 제풀에 시들해지기도 하지만
푸릇푸릇 생기찬 힘이 솟기도 하잖능교
봄이 늦어 움돋지 않아서 그렇지예
움돋기 시작하면 눈 깜짝할 사이지예
느티나무들이 곳곳에서 버티고 서서
이 흙 속 물줄기에 뿌리내려 잎 돋아내면
철새도 돌아와 새로 둥지치고 사니더
철새가 돌아와 살게 될 때면
사람의 마음도 넓어지는 봄인기라요
형님에 말 농농 ㅓ르며 눈시울 붉히긴요
두 손으로 밑동에다 북이나 돋구소
내는 내는 묘목이라도 하나 더 심을라는**구마**
더 많은 느티나무가 이 땅을 지키고
더 많은 철새가 둥지치고 살게요

형님예 형님예 그 일마저 안하면
우리들은 별볼일 없는 인물이 될끼라예

<1981>

서울의 끝

달뜬 밤에 땀흘리고 해뜬 낮에 잠들어서
창녀들이 어머니 어머니 부르누나
몸 팔아 이 땅에서 무슨 기쁨 사랴
겨울새 한 마리 하늘에 떠돌며
울음 쪼아 서러운 사내들 울리니
갈피 모를 깊은 꿈속 베갯잇이 젖는다.
젖가슴 빨리고 또 빨려도 어머니
무거운 눈물이 고여서 배 안 고파요
겨울눈이 파르르 떨면서 빛나고
인동초 모진 잎에 끼워 두는 혼잣말,
봄이 오면 어머니 봄이 와 눈 녹으면
벌린 가랭이에도 아지랑이 피어오를까요
바람을 거너쥐어노 이불깃마저 젖어 있어
꿈속으로 낯익은 별자리가 바뀐다
어머니 차라리 펄펄펄 눈 되어
목숨이 그리운 세상에 갈 수 없나요
헐떡이는 숨결을 물고 가는 겨울새는

사내들 아련한 마음에 붙박인다.

몸 팔아 이 땅에서 무슨 슬픔 못 사랴

창녀들이 어머니 어머니 부르며

달뜬 밤에 땀흘리고 해뜬 낮에 잠드누나

<1980>

황새나 뱁새나

보기만 해도 낮디낮은 산맥인지라
비상과 낙하 위해 날개를 키웠지요
세상에서 가장 큰 일은 사는 일인지라
혼자서 밝아 있는 햇빛을 쪼면서
먹을 것 있는 곳을 찾아다녔지요
상두꾼이 남겨놓은 상여소리 들어도
호리꾼이 파헤친 왕릉을 기웃대도
안스러운 목숨에 덧없는 세월인지라
버려진 온갖 것 모아 둥우리쳤지요
눈감아도 슬프디슬픈 누리인지라
음지 양지 바뀔 때마다 퍼덕거렸지요
날아봐도 좁디좁은 하늘인지라
허공조차 마음대로 누리지 못해 울었지요
아아 그래도 날개만 키우고 있으면
다른 새떼에게 꼴값은 다 하는 것인지요?

<1980>

■ 跋 文

평야에 굽이치는 뜨거운 노래

金 明 秀

하종오는 별로 말이 없는 사람이다. 말만 없는 사람인가 하면 잘 웃지도 않는다. 그의 외모는 늘 우울한 듯 보인다.

서울 생활이 이제 겨우 3년 남짓 되었을까. 만나는 사람도 비교적 적은 편이고 별다른 취미도 그는 가진 것이 없다.

그런데 그는 노래를 썩 잘 부른다. 남이 보기에는 그가 노래를 잘 부르는 사실을 알아내기 힘들다. 비교적 자주 만나는 사람들도 그 사실을 잘 모른다.

나는 딱 한번 그의 노래 솜씨를 들은 적이 있었다. 지난 여름 비가 몹시 쏟아지던 날 『반시』 동인지 관계로 늦게까지 모였다가 술을 한잔 하게 되었다. 그때 그의 노래를 들을 기회가 있었다.

소주 몇 잔이 오고가고 살기 어려운 세상 우울한 이야기를 하고 있는데 그가 불쑥 노래나 한 곡조 부르는 게 어떠냐고 했다. 우리는 좀 의아한 눈길로 그를 쳐다보았다. 미처 우리가 그에게서 눈을 떼기도 전에 그는 선뜻 노래를 부르기 시작했다.

술이야 한잔씩 했지만 전연 의외였다. 그는 눈을 지긋이 감고 아주 신명나게 노래를 부르는 것이 아닌가. 그런데 그 노래 솜씨가 일품이었다.

우리는 자신도 모르게 젓가락으로 상을 두들기며 그의 노래에 빠져들어갈 수밖에 없었다.

어랍쇼. 그런데 그는 노래를 한 곡조 부르고도 노래 부르기를 멈추지 않았다. 이 곡 저 곡 신나게 몇 곡을 그가 연거푸 불러제끼는 바람에 우리는 우리도 모르게 그의 노래를 따라 부르게 되었다. 그는 한 열 곡쯤 신나게 노래를 부르더니 이젠 우리보고 노래를 부르라고 했다. 이미 판은 유쾌하게 어우러져 버렸고 우울한 화제를 올리는 사람은 아무도 없었다. 참 신기로운 일이었다. 분위기는 하종오의 연출대로 움직여진 것 같았다.

그날 밤 우리는 우리 주량이 훨씬 넘게 술을 마셨으며 유쾌한 기분으로 술집을 나와 헤어졌다.

내가 그의 시집 발문을 쓰는 자리에서 왜 이렇게 그의 노래를 회고하는가 하면, 평소에는 침울하던 그가 놀랍게도 그때 주석의 분위기를 일신시킨 일이 그를 이해하는 데 상당히 의미심장한 암시의 일단으로 파악될 수 있을 것 같기 때문이다.

그것은 그가 좀 차갑게 보이기도 하는 외양과는 달리 시나 그 밖의 어떤 일에도 지극히 깊은 열정을 가슴 속에 숨기고 있다는 증거이기도 하다.

하종오는 1975년 『현대문학』에 추천을 받았다. 그 후 그는 몇 년을 침묵하고 있었다. 그러다가 1979년에 이르러 비로소 『창작과비평』에 10여 편에 가까운 작품을 묶어서 발표하기 시작했다. 그때 발표된 시들은 매우 뛰어난 작품이었다. 나는 깊은 충격을 받지 않을 수 없었다. 그래서 만나는 사람마다 "하종오 시가 좋지?" 하고 물었던 기억이 난다.

그러나 많은 사람들은 좋다고 하였으나 몇 사람은 그저 고개만 끄덕이고 있었다. 나는 괜히 안타깝기 짝이 없었다. 사람이란 자기가 내린 주관적 평가가 남에게 객관적으로 동의될 때 안심을 하는 법인데 나는 나 자신의 문학적 안목이 부족한가 의심스러웠다. 그래서 다시 지나간 잡지들을 찾아 그의 작품을 읽어보았으나 가슴에 와 닿는 감동은 여전했다.

그 후 그가 『반시』동인으로 활약하면서 쓴 시들도 이 시대의 현실에 대해 특이한 목소리로 노래하고 있을 뿐 아니라 인간이 인간답게 살아가야 하는 삶에 대한 뜨거운 열망이 담겨 있는 것을 발견할 수 있었다.

1979년 '창비'에 처음 발표되었던 「야행(夜行)」이라는 시를 읽어보면 그가 시대를 보는 눈이 얼마나 예리한가를 금방 느낄 수 있다.

"바로 걷지만 길이 비틀거리고/바로 서 있지만 길이 내려앉는구나./눈을 감고도 갈 수 있었던 땅에/눈을 뜨고도 갈 수 없"다고 그는 시를 통해서 말하고 있다.

이 시에서 그가 이야기하고 있는 막막함과 어두움은 시대를 깨어 있는 눈으로 살아가려는 자만이 볼 수 있는 정확한 실상이 아닐 수 없다.

그렇지만 하종오는 그의 모든 시가 이런 진단과 해부만으로 끝나서는 안된다는 사실을 남달리 잘 알고 있다. 훌륭한 의사가 진단 후의 처방을 동시에 갖고 있는 것과 같이, 비록 시대를 어둡게 보고 있는 것은 어쩔 수 없다지만 곧이어 다른 시를 통해 그는 우리 삶의 밝은 면을 열어보이겠다는 의지를 동시에 보여주고 있는 것이 특색이다.

같은 현실의 아픔을 이야기하는 시 가운데 「지렁이」라는 시를 읽어보면 제 몸이 짓밟혀 토막이 나도 꿈틀거리며 기어가는 이 땅의 생명들에 대한 옹호적 눈길과, 습기마저 말라버린 땡볕에서도 끝없이 젖은 땅을 찾아 기어가는 생명에의 의

지도 동시에 나타내 보여주려고 하고 있는 것이다.

그는 오늘을 살아가는 많은 사람들의 현실이 아프기는 하지만 그들의 미래에 대한 희망을 믿고 있는 시인이다. 「빨래」라는 시는 아무리 쥐어짜도 우리의 든든한 근육만은 쥐어짤 수 없다는 근원에 대한 깊은 믿음과 희망을 보여준다.

나는 하종오의 시에서 그가 아픈 현실을 이야기할 때 필연적으로 대두되는 분노 따위의 감정만을 읽을 수밖에 없다면 그의 시에서 오는 공감의 폭이 그만큼 옅어질 것이라고 말하고 싶다.

그렇지만 그의 시에는 어두운 시선만큼 밝은 삶을 열어보이겠다는 의지가 동시에 포함되어 있기에 나는 그의 시에서 커다란 감동을 받을 수 있는 것이다.

사실 시라는 것이 우리 삶을 움직이는 여러 가지 갈등을 인식하고 그것을 통해 우리 삶이 보다 나은 차원으로 나아가게끔 해주어야 하는 것이라면, 하종오의 시는 바로 이런 점에서 우리에게 공감을 줄 수 있는 것이 되는 것이다.

또 한 가지 주목할 것은 그의 시를 읽어보면 시를 에워싸고 있는 가락이 독특함을 알게 된다. 어떻게 말하면 마치 우리 몸에 휘감겨 오는 끈적한 숨결이 있다고나 할까, 처량하고도 끈질긴 육성이 배어 있다고나 할까. 어렵게 살다가 간 생명에 대한 애정의 노래인 '장(葬)'에 관한 일련의 연작들은 소재도 특이하지만 특히 그의 가락이 특색 있게 살아나고 있다.

우리들이 살아가는 일에 대한 힘겨움 속에서도 면면히 이어져오고 있는 이런 전통적 가락을 하종오는 자기의 목소리로 재창조하여 사용하고 있는 것을 볼 때, 이 방면에 관심이 많은 나로서는 부럽기 짝이 없다.

그러나 이 모든 감동들 중에서 내가 가장 뜨겁게 만난 그의 시편들은 「풍매화」, 「벼는 벼끼리 피는 피끼리」, 「참나무가 대나무에게」 등의 시편들이다.

어쩌면 비슷한 소재들을 다루었다고 생각되는 이 시들은 강대국 이데올로기 싸움에서 희생된 분단된 조국의 상처를 노래한 시라고 말할 수 있을 것이다.

우리야 우리끼리 하는 말로
태어나면서도 넓디넓은
평야 이루기 위해 태어났제
아무데서나 푸릇푸릇 하늘로 잎 돋아내고
아무데서나 버려져도 흙에 뿌리 박았는기라
먼 곳으로 흐르던 물줄기도 찾아보고
날뛰던 송장메뚜기 잠재우기도 하고
농부들이 흘린 땀을 거름삼기도 하면서
우리야 살기는 함께 살았제
오뉴월 하루볕이 무섭게 익어서
처음으로 서로 안고 부끄러워 고개 숙였는기라
우리야 우리 마음대로 할 것 같으면
총알받이 당 지뢰밭에 알알이 씨앗으로 묻혔다가
터지면 흩어져 이쪽 저쪽 움돋아
우리나라 평야 이루며 살고 싶었제
우리야 참말로 참말로 참말로
갈라설 수 없어 이 땅에서 흔들리고 있는기라
　　　　　　　——「벼는 벼끼리 피는 피끼리」 전문

6·25라는 동족참상의 역사적 사실이 이제는 한갓 지나가 버린 역사 속의 기정사실로 받아들여지는 오늘날, 이 시에는 우리 민족 최대의 슬픔이자 아픔인 분단의 극복을 염원하는

간절한 소망이 담겨져 있다.

하종오는 이 시에서 '벼'와 '피'라는 개체를 개별적 존재로 파악하는 것을 거부한다. 그들의 운명을 필연적으로 갈라설 수 없는 동질적 존재로 보려고 하는 것이다. 이 시는 벼와 피가 하나의 땅에 뿌리를 내리고 있다는 사실을 중요시한다. 그리고 그는 벼와 피가 함께 어우러진 모습을 꿈꾼다. 벼와 피라는 별개의 개체를 넓디넓은 평야에 수평적으로 끌어안으려는 그의 노력은 가장 바람직하고 든든한 역사의식에 맥을 대고 있는 것이다.

「풍매화」와 「벼는 벼끼리 피는 피끼리」의 작품들이 우리에게 커다란 시적 감동과 아울러 바람직한 역사에 대한 포용의 넓이를 제시해 주는 것은 바로 이런 이유 때문일 것이다.

끝으로 나는 하종오가 시에 바치는 정열을 알고 있다. 토요일이나 일요일 오후 과히 멀지 않은 곳에 사는 우리는 자주 만난다. 그때마다 그의 손에는 원고지 뒷장에 자잘한 글씨로 또박또박 써놓은 한 편도 아닌 서너 편의 시들이 쥐어져 있다.

나는 그 많은 작품들을 읽으면 어느 것 하나도 버릴 수 없는 작품 수준이어서 내심 샘도 나고 부럽기 짝이 없어진다.

모쪼록 '창비시선'의 시인들 중에 가장 젊은 나이로 시집을 엮어내는 하종오의 시가 앞으로 더욱 커다란 발전이 있기를 빌면서, 참으로 뜨거운 민족문학의 대열에 귀중한 한 권의 시집을 올려놓는 그의 기쁨을 함께 누리는 바이다.

後　記

이 20대의 지리멸렬한 시절, 나는 시를 통하여 인간이 인간답게 살 수 있는 길을 찾아보려고 하였다. 잘못 길러지고 잘못 자라온 자신을 수정하는 일에서부터 모든 사람들의 삶의 운명을 묶는 원인들에 대한 성찰에 이르기까지, 그 모색은 참으로 어렵고 고통스러웠다. 그런 가운데 무엇보다도 먼저 민족분단이 극복되는 곳에 그 길이 있음을 깨닫게 되었다.

이 시들은 바로 그 과정에서 씌어진 궁색한 노래에 지나지 않아서 부끄럽다. 그런 대로 절창이 되었으면 좋으련만 절창은커녕 뽕짝이 되고 만 느낌이다. 그것은 결국 지극히 피상적인 생각에 빠진 탓일 것이며 나약한 정신에 한없이 자기도취하여 온 괘씸한 태도 탓일 것으로, 이 시퍼렇게 젊은 20대에 청산해야 할 것들이기도 하다.

그러나 그러나 서럽게 세상을 살아가는 사람들에게 내 시가 뽕짝조로나마 불려졌으면 하는 염치 없는 욕심을 가져 본다.

이 시집에는 두 작품을 제외하고는 모두 79년부터 써 온 작품을 실었으며 절반 이상이 미발표작이다.

아뭏든 창작과비평사 편집 가족이 주는 이 영광을 더 좋은 시를 쓰라는 채찍으로 받아들이면서, 어두운 밤에 외롭게 깨어 있는 분들과 이제 조금씩 말을 배워 가는 아들 문영(文泳)이와 어울려 따뜻한 가슴을 대고 싶다.

1981년 11월

河　鍾　五

창비시선 32

벼는 벼끼리 피는 피끼리

초판 1쇄 발행/1981년 11월 10일
초판 8쇄 발행/2014년 7월 18일

지은이/하종오
펴낸이/강일우
펴낸곳/(주)창비
등록/1986년 8월 5일 제85호
주소/413-120 경기도 파주시 회동길 184
전화/031-955-3333
팩시밀리/영업 031-955-3399 · 편집 031-955-3400
홈페이지/www.changbi.com
전자우편/lit@changbi.com

ⓒ 하종오 1981
ISBN 978-89-364-2032-1 03810

* 이 책 내용의 전부 또는 일부를 재사용하려면
  반드시 저작권자와 창비 양측의 동의를 받아야 합니다.
* 책값은 뒤표지에 표시되어 있습니다.